JN097198

湊

清水美智子
句集

MINATO
Shimizu Michiko

東京四季出版

序

白鳥のように、ぐうっと頸を延ばして青空を見る。その姿勢がいい。雪国、新潟に育ち、大学教育も地域の国立大学で研鑽を積み、お日さまを仰ぐ明るい向日性は生まれながらの風土の賜なのか。ともかく爽やかである。顔と顔(作者は英語の先生なので英語風に、Face to Face)を合わせると、美智子ペースに乗せられてなんと心地いいことか。英語を突然用いたのは、作る俳句が向学心に燃えるわくわく感に充ちている感じを言いたかったのである。しかもどこか旧来の日本的な情緒のしみじみした情感とは違う、メリハリが効いて、表現に魅力がある。すばらしい俳人だと思う。

齊藤美規の俳誌「麓」で六年間みっしり鍛えられており、「麓」終刊後「岳」に入会した時には見る眼の輝きが違っていた。二年目にあたる二〇一三（平成二十五）年には「岳」俳句会賞（新人賞）を受賞した。同じ年「岳」三十五周年が軽井沢プリンスホテルで開かれた。その祝賀パーティーを詠んだ句を記憶している。若林圭子のシャンソンもよかったが、会場のカーテンが上がると窓外の借景にあたる夜叉五倍子《やしゃぶし》の緑がわっと目に飛び込んだ。あの感動を透かさず捉えた瞬発力がよかった。

シャンソンや夜叉五倍子緑惜しまざる

軽井沢の五月下旬、梅雨に入るまでの束の間、豊かな夜叉五倍子の緑を「惜しまざる」と否定表現に載せたことで、肯定表現以上に緑が印象深く余韻が残る。私が美智子さんの知性に裏打ちされた感性の豊かさを意識したのはこの時であった。それから五年後、「岳」四十周年も同じ会場で開かれ、美智子さんはあえて、芭蕉がいう「等類」（発想が似ること）を怖れないで、「五年《いつとせ》は疾《と》し緑さす一夜惜し」と詠まれた。これが「岳」の仲間になられた心からの挨拶、心酔であったことを私は理解した。

心に沁みることはその実態を究め、しっかりと手応えを残したい。これは珍しいことではない。私自身もそんな思考があると思っている。直感では美智子さんにもそれがあるようだ。

美智子さんの父は下駄屋さん。生木から下駄を作る。

下駄つくりし父の生業けらつつき
宵宮や木履《ぼっくり》作ってくれし父

朴訥ないい句である。父の許へ、マタギが訪れる。

熊の胆《い》は札代りとよ出熊猟

「出熊猟」とは春に穴から出る熊を射止める猟である。その胆は「札代り」といわれるほど貴重であり、マタギはそれで暮らしてきた。鄙の都市化現象が著しい現代、マタギの暮らしなどに注目する者は少ない。美智子さんは、

五、六歳の頃、毛皮を提げてマタギが父の店に買い物に来たことをしばしば思い出したという。店には物々交換の毛皮が一杯あった。
掲句は、ともに五十代で亡くなった、現代では早死の部類に入る父母を思うと、すうっと思い浮かぶ、いわば暮らしの原風景でもあるのであろう。たまたま黒田杏子さんの連合い黒田勝雄氏が写真集『最後の湯田マタギ』を出された。それを読み、思いはもう一度返ったらしい。本句集の後半に、再びマタギ詠が出る。

父の店にマタギ来しこと出熊猟
出熊猟熊の胆で買ふ小さき長靴《くつ》

時代は下駄から靴に変わってゆく。職人も職から離れ、マタギも後継者を失う。時の経過とともに失われゆくもの、そこにこそ、紛れもない暮らしがあった。現代の通信機器に振り回され、不特定多数の情報にあっぷあっぷ浮遊している社会。どこに手応えがあるのであろうか。

暮らしがあり、暮らしがあった句をあげる。

あまめはぎ幼きころの闇深し
瞽女《ごぜ》の道骨片色の冬木立
盆に食む茄子《なすび》の皮の雑炊《ぞうせい》よ
衣脱《きんぬぎ》や脱皮の蛇を目の当たり
沖《おき》の女郎《じょろ》色増す頃ぞ新走り
父在さば酌みて語りをだらみ汁
桜かくし沖に明るさありにけり
雪晴の怒濤南蛮えびまつ赤

「あまめはぎ」「瞽女」「衣脱」「沖の女郎」「だらみ汁」「桜かくし」などは暮らしのことばである。

時間は今がいつも旬。その中で、生き延びてきたものやことはさすがに洗練されている。都であれ、鄙であれ、地貌季語と私が呼ぶ季節のことばやその周辺のことばたち、「生き延びてきたものたち」はみんな輝いている。

「あまめはぎ」は能登の輪島や能登町に残る伝統行事で、「あまめ」とは炬燵や炉火にあたり怠けているとできる火だこ（赤あざ）のこと。それを妖怪に扮した土俗の神さまがきて剝ぐという。秋田男鹿のなまはげと同じ。沖縄宮古島にもパーントゥがある。

「瞽女」は周知の渡りを稼業の盲目の三味線語り。もういないのであろうが、越後人には忘れ難い。その生業の道を「骨片色の冬木立」との捉え方は身に沁みる。

　同じ思いは「茄子の皮の雑炊」にもある。焼き茄子を入れた雑炊には泣き笑いの暮らしがある。新潟甚句に「盆だてがんね、茄子《なーす》の皮の雑炊だ。あまりてっこ盛りで、鼻のてっぺん焼いたとさ」とある由。

　上越の新井などでは七月一日（旧六月一日）を「衣脱一日《きんぬぎついたち》」と呼び、桑の木の下では蛇が衣を脱ぐので近寄るなとの伝承があるとか。『わらべ歳時記』（駒形悳《さとし》）から教えられた。掲句は、この呼び方に実感があるというのであろう。

「沖の女郎」は晩秋に日本海近海で獲れる魚。和名ひめじという。十センチほどの小形の魚だが、頭・背・鰭が鮮紅色。体色の華やかさからこんな土俗の名がついたものか。新潟では「やひこ」ともいう。

「だらみ」は鱈の精巣「雲腸《くもわた》」の新潟の方言。白子ともいい、野菜の具を入れ味噌汁にする。父の好物であったものか。

「桜かくし」は桜の咲く頃に降る春の雪（『越後方言考』小林存）。「蛙の目隠し」「雁の目隠し」も同じ雪国のことば。何かを隠すという人為を超えた風土のふしぎさを感じている素朴さが美智子さんの俳句の根幹にある。陸は春雪、しかし沖は明るい。これが新潟の春。

「南蛮えび」は海老の鮮紅色が赤唐辛子（南蛮）を連想させるからとか、新潟地域の呼称が甘えびに付けられている。越後以来新潟は地貌のことばの宝庫である。地域のことばを生かそうとする気付きに美智子さんの地についた意識的な生き方を知る。

　地域への眼差しは、居住地である、信濃川下流の三条市を襲った大水害や引き続いた震度七の中越地震を記録したルポルタージュとしての俳句作品にもなっている。中でも山古志の闘牛場を私が案内されたときの句を中心に据えた、「山古志の四季」は力が漲る意欲作で集中の山の一つであろう。

闘牛の咆哮四方の魂しづめ

地霊宥《なだ》めよ闘牛のままほるは

舞ふごとし闘牛勢子の掛合ひは

雪ばんば雪来る前の匂ひせり

「ままほる」とは闘牛の癖であろうか、前脚で土を掘る動作をいう。美智子さんの闘牛詠は春の闘牛に託して、作者の全身が開放されている。全国から新潟の山村へやって来る闘牛士と闘牛がのびのびと捉えられ、作者の秘めた力が見事にいい句材に出会い、表現が句材負けをしないで、成就している。

「雪ばんば」は初冬の綿虫を雪婆と書き、親しみを込めて呼ぶ。

美智子さんの連合いは逍径さんである。高等学校の数学の先生。人柄が大らかで、優しい。共に近年、ご夫妻と私は、ポルトガルにもドイツにも十日ばかりの旅をした。その時も、地貌へ深く錨を下ろして風土の魂を探ろうとする者は、つねに一方で、世界の異文化への関心が深いことを知った。ちまちましていない。垂直に地貌へ目を向ける者はまた水平に視野を広げることで、生きるバランスを保つ。これが人間の骨格を逞しく創り上げるのであろう。古風な喩えであるが、美智子さんは水を得た魚であった。

ファド聴く今宵リスボンは夏の果
菩提樹の青き実に触るコインブラ大学《コインブラ》
菩提樹の花騎馬駈けし石畳
日に月に抱かれ干草香を放つ

ポルトガル詠二句。ヨーロッパ最西の農業国ポルトガル、その首都リスボン。晩夏のファドはいい。疲れた人生がそのまま投げ出されて、なんの解釈もない。そんな体験が浮かぶ。コインブラ大学の図書館には梟が棲むとか。その「ホーホー」を聞きたく耳を傾けた。

ドイツ詠二句。ネッカー川を見下ろす哲学の道を下り、ハイデルベルクの石畳から中世の騎馬が駈けた蹄の音を聞く。郊外は牧草地。干し草の香も物憂く忘れ難い。牧草車が行き交う城壁に囲まれた中世の町ローテンブルクに多分、ご両人も惹かれたのではないか。

最後に、夜学の句がある。私はそのさりげなさに気持が鎮まる。

夜学子と囲む給食疑似家族

夜学生しばし憩へよ消灯す

夜学の灯消せばしーんと耳なりす

夜学を定時制といった。その体験詠であるが、このなんでもない三句は教師生活の一些事であろう。が、美智子さんが残された気持がわかる。夜叉五倍子やマタギや闘牛やあまめはぎなど地貌詠が表の貌ならば、これは裏ともいえない、心の隅にぽそっと置かれた句。あるとき、夜学生から「母ちゃん」と呼ばれたという。その一句は収録してないが、私は好きだ。そうだ、華やかな作者美智子さんが母ちゃんだ。この庶民性こそ美智子俳句の真髄であろう。

二〇二二（令和四）年早春

宮坂静生

目次

装幀　髙林昭太

句集

湊

みなと

Ⅰ

繭

平成十六年十一月〜二十二年六月

千枚の田のことごとく春の雨

山笑ふ電線をみなはづしたし

草萌ゆる飛鳥の野辺に子らのこゑ

天平の甍あふげば春の雷

青梅のころころ園児昼寝どき

百日紅燃えて水禍の町となり

水禍まぬがれし干梅の紅きこと

秋澄めり彫金展のイルカたち

二人居のふたつの部屋に秋灯

水禍

仮橋を三つわたして秋夕焼

吊り売りのチャイナドレスに秋の翳

赫き実のぎつしりわたしまむし草

こんな日のわれに購ふ冬薔薇

深呼吸せねば負けさう冬満月

雪の日のさくさくさくと万歩計

如月のりんご煮る香やふつと鬱

結界を出て浅春の甘酒屋

ゆつたりと歩く奈良町黒揚羽

窓若葉ひとりの紅茶淹れてをり

職退いて衣類減りたる涼しさよ

ひそやかに咲く紅もよし藍の花
石畳ふみて黄葉の弥陀のくに

椋鳥渡る空に漣のこしつつ
降りたちてみたき象潟秋没日

立冬のホットワインを透かしつつ
みな違ふ音たててゐる落葉道

ポインセチア提げて街ゆくレノンの忌

白鳥来しばらく背伸びせぬ暮し

朱鷺のまぼろし白鳥のしんがりに
粉雪の三日こもりて繭となり

炭火はぜ時やはらかに過ぎにけり

裸木が好きで素直になつてをり

山茱萸の雨のいちにち何もせず

わたくしに戻る時間や春の雪

蘆はみどりに少年の白きシャツ
水無月の夢みるやうにけむりの木

白き花の名を問ひながら夏信濃

無言館

万緑へ自画像の眼がついてくる

女貞《ねずみもち》の花も並べて朝の市

篁の灯ゆるるや鱧料理

身内より鷺のとびたつ青田原

秋あかね五百羅漢のこころの眼

三井寺　二句

紅葉かつ散りて閼伽井の水の音

秋深し秘仏の垂らす紐の色

赤き実のこぼれてをりぬ鵯日和

赤ちゃん組の散歩中です花八手

雪見障子開けてをられぬ降りとなり

三椏の花ほつほつと畑仕事

雁帰る空やはらかくなりてきし

ラジオより反戦童話八月来

Ⅱ
姫春蟬

平成二十三年～二十五年

小春日の海の碧さで別れけり

冬麗の一歩踏み出す塩の道

あまめはぎ幼きころの闇深し

寒満月むかし廊下に立たされし

春の到来を祝う蕎麦

雪解村お日待ち蕎麦がふるまはれ

何もかも攫つてゆきぬ雪解星

地獄絵の赤ついてくる閻魔市

盆供のゐご練りつつ母と父のこと

頭痛癒えよ青鬼灯が風にゆれ

月明や触るるハーブの匂ひたつ

青き地球しばし憩へよねこじやらし

月草のいろあるうちに文書かむ

風待ちの泊り椿の実が弾け

秋没日ピザ焼けるまで海を見て

津波の記憶はまなすの実が真つ赤

あをあをと佐渡近きこと野分晴

温め酒すんなり死後のはなしなど

寒月や渚に魂のひそみをらむ

雪沓の音きしきしととほき日へ

花椰菜《カリフラワー》のスープことこと外は雪

雪山のゆきのはがるるやうに鷺

鳥曇風のこゑ聴く葦《よし》車《ぐるま》

葦車＝刈った葦を干すため円錐形に立てる

田打桜支部生るる日となりにけり

のどけしや師とみる佐渡のまなかひに

津軽じよんがら青蘆の風に乗り

飛島　二句

白き花咲きたるごとし海猫孵る

鬱然と巨木の森やほととぎす

海神のこゑか姫春蟬しぐれ

空中に畑あるごとしホップ摘む

野紺菊活けて御風のバタバタ茶

闇深き佐渡に消えたる夜這星

切妻に鏝絵の天女秋澄めり

浜焼きの秋鯖一尾良寛に

浜に買ふ幻魚一連風かたし

悼　齊藤美規先生

楽生るると雪嶺の眩しさよ

焼いて食べろと先生の葱甘かりき

旅先に買ふ恵古《えご》寄せよ波の花

瞽女の道骨片色の冬木立

星降り来大原雑魚寝はろかなり

新雪の浅間山《あさま》は神のゲレンデよ

ひとつづつ湯屋まで点す雪灯籠

塩摺りこむ鮭に頃合ひ尋ねつつ

七千羽とどろとどろと大菱喰

水尾を引き光を引きて巫女《みこ》秋沙《あいさ》

田遊びの遊びすぎたる漢たち

風かたし浜辺の宿の石蓴《あおさ》汁

糸魚川

歳月の地滑り巨石歯朶萌ゆる

栄螺ひと箱磯見漁師の夕耀は

雪解靄しもと赤きは恋ごころ

蕨折る音と匂ひよ原始の血

「岳」三十五周年

シャンソンや夜叉五倍子《やしやぶし》緑惜しまざる

鎌首も幼きいろのまむし草

朝ぐもりローズマリーの匂ひたつ

朝焼のグランドキャニオン吾は風に

葛の花御風の文字粘つこき

師へ一花越の蔓荊《はまごう》咲き初むる

夏炉切り六十人のバタバタ茶

貴公子のやうなる秋刀魚焼きにけり

火造りの音かんかんと秋澄めり

鶺日和野仏岩に還りけり

Ⅲ　今宵リスボン

平成二十六年～二十八年

フレディの夢よ落葉のふかぶかと

沖《おき》の女郎《じょろ》色増す頃ぞ新走り

鮭の粗《あら》たつぷり母の粗汁よ

すべすべの子の髪洗ふ初湯かな

飴市や空の青さを羨しめる

繭ひとつ量るはかりや風花す

冬満月からだが透けてゆくやうな

悼　長谷川智弥子さん

花待たず鏡の中へ吸はれけり

悼　本宮哲郎さん

遙けくも耕しにゆきそれつきり

木の根明く地中より来る糸電話

胸の栓ぽんと抜けたる初雲雀

植田の沖夕日なかなか沈まざる

伊良湖岬～志摩吟行　四句

灯台のやうな少女よ海芋咲く

とほき日の杜国の憂ひ花蜜柑

黒揚羽ついと宣長自画像よ

南吹く灯台鳥になりたきよ

花嫁のごと夕暮の山ぼふし
早世の父母のこと梅雨穂草

「岳」有志ポルトガル旅行　四句

生簀ある厨涼しき修道院

ファド聴く今宵リスボンは夏の果

コインブラ大学　二句

夏燕黒きマントの学生来

菩提樹の青き実に触るコインブラ大学《コインブラ》

榅桲《まるめろ》のゆがみて固し変声期

法隆寺展

地震の地に地蔵の祈り小鳥来る

山古志の四季　十一句

山古志のなぞへさみどりちやんまいろ

桜かくし鯉屋に嫁御来たりけり

角突きのこつんごつんと木の芽山

闘牛の咆哮四方の魂しづめ

地霊宥めよ闘牛のままほるは

ままほる＝前脚で土を掘る

舞ふごとし闘牛勢子の掛合ひは

若き勢子闘牛しかと吾子に見せ

寄り添うて触れ合はぬ鯉水の秋

手掘り隧道出でて真赭の芒かな

鯉の網干して山古志野菊晴

雪ばんば雪来る前の匂ひせり

ふつと母在すけはひや木の根明く

山姥の舞ひし石とや蕨萌ゆ

沐浴の女神隠るる雪ねぶり

北限の地の茶甘きや雛の間

赤い実でなくてもいいよ鼠黐《ねずみもち》

掌に乗せたき土偶木の実降る

五合庵枢《とぼそ》開けあり小鳥来る

白鳥の湖や貝殻骨うづく

口中に深海つるつる幻魚汁

雪晴や骨《こつ》美しき喉仏

喪ごころの吾に一こゑ初鴉

父在さば酌みて語りをだらみ汁

だらみ＝雲腸

栗鼠のごと言葉溜めたや雪籠

鶯菜毎朝食べて鳥心地

さくらさくら宇宙船より見たきかな

君とゐる闇は天鵞絨春北斗

上高地・徳沢　六句

猿の棲む山の茂へ闖入者

鬼羊歯の長けて縄文土器の容

水無月の風あまねしや死木にも

神在すけはひ一めん二輪草

オフェリアの挿頭か梅花藻の花よ

春楡若葉ふと胎内にゐる心地

修道院の手秤葡萄買ひにけり

乗れさうな秋の雲あり人魚塚

雁《がん》子《こ》浜《はま》秋濤いつかわが鼓動

憲法九条守れくわりん実を沢に

鮭捕　五句

一川の分かつ町並鮭のぼる

かく鮭打ちしか縄文人もまた

霙るるや山近きまで鮭遡上

乾鮭の二年ものてふ般若面

鮭に魂あるてふ鮭の供養塔

海神の織りたる紬小春凪

熊の胆《い》は札代りとよ出熊猟

桜かくし沖に明るさありにけり

海鳴りや山茱萸夢見ゐるごとし

雨飾山でんと代田のつづきけり

十薬に水音こぽこぽ真野御陵

雪のごと切麻《きりぬさ》散らす名越かな

髪までも濡らし稚鮎を放ちけり

良寛の歌螢袋に一首づつ

蜑の家の瓦てらてら花木槿

梅を干す赫き一粒ごと愛し

稲穂波象潟に水ありし日よ

爽やかに千年でんと榊一樹

秋爽や一壺天なる南谷

Ⅳ　稲滓火は父母の匂ひ

平成二十九年〜三十年

雁木通り

吹き抜けの残る町屋よ冬日差

雪暗の榛の木母にはぐれし日

口揃へ糶らるも美しき魴鮄は
雪嶺は守り人阿賀《あが》野川の舟下り

ぐいぐいと神の彫りたる雪嶺は

雪晴の怒濤南蛮えびまつ赤

竹下駄で遊びし頃よ氷面鏡

木の根明く妖精の杖触るるたび

洗堰の勢ひひとしほ鳥の恋

春宵やごめんごめんと九官鳥

眼鏡拭きをりべた凪の海朧

とほき日の茶毘の火のいろ野火さかん

鹿尾菜刈るほがらに浮かぶ江の島は
母生れて逝きし五月よ地の息吹

海に向く猪独活の花兵のごと

玫瑰や正午の鐘の漁船まで

ぬめぬめと鳥越の湯よ蟻一匹

牛蛙ぶおんと闇のなまぐさき

蚯蚓出づむかし煎じて飲まされし

もしか兄家紋出たぞと墓洗ふ
もしか兄＝次男

盆に食む茄子《なすび》の皮の雑炊《ぞうせー》よ
新潟の甚句

秋餅や子らにも膳のつけらるる
秋餅＝秋収め

月の扉を敲くけはひよいぼむしり
歩かうよ足どり軽く黄落期

啄木鳥の音のさみどり峠道

下駄つくりし父の生業けらつつき

木守柿キーン氏と観る古浄瑠璃
しんしんと深雪の底や紬織る

地母神に守られゐたる雪の底

大氷柱きらりと軍靴近づける

兜太逝くひときは大き雪解星

惚けても飯炊ぎをり涅槃雪

貝殻骨のあたりむずむず鳥帰る

土匂ふ身ぬちに発《ば》条《ね》の生まれたる

ものの芽の隆々とあり地に兜太

花虻の羽音は呪文岬日和

耀なき日浮子のゆるるやあいの風

猪独活に地祇の力ぞ山晴るる

勾玉は抱かるる容緑さす

はつ夏の空やぽんぽん寄生の毬

「岳」四十周年

五年《いつとせ》は疾し緑さす一夜惜し

チェリストに木霊の宿るみどりの夜

庭の木に雨意ある青味返りかな

送り梅雨蛇身となりぬ姫川は

原発の浜や水中花火の夜

宵宮や木履《ぽっくり》作つてくれし父

赤松のどこか人めく晩夏かな

昼の虫合掌土偶祀りたき

稲滓火匂ふ父母の匂ひとも
朝鳥渡るわたつみの波すれすれに

父も母も逝きしは五十歳秋の海

夜這星見えぬ佐渡へと一直線

とどろとどろと菱喰のこゑ雲払ふ

枯葦の底にひとりよ無音なる

潟狭むぐわんぐわんと沼太郎

雪暗の樅若き日の父を待つ

雪国の万能食よ打ち豆は

北越雪譜雪蟄《ゆきごもり》てふ楽しみも

磁気強き牛伏寺《ごふくじ》の坂冬青の実

藁《わら》盒《ごう》子《し》のやさしき容鳥も来よ

Ⅴ 生命の樹よ

平成三十一年〜令和三年

どっかりと越後三山雪椿

木の根明く水はどどつと四方の田へ

血の巡りよくなるやうにうぐひす菜

むくむくと膨らむ端山鳥の恋

魚沼の米生む力雪流れ

植田風転《ころ》で引ききし味噌蔵は

「岳」有志ドイツ・オーストリア旅行　九句

古城夏マザーグースの鵝かも

水無月の空へ赤橅降誕祭

明易やドイツ樅の木匂ふごと

ハイデルベルク　二句

菩提樹の花騎馬駈けし石畳

古城めざすボート点々ネッカー川

日に月に抱かれ干草香を放つ

干草や女体のごとき牧草地

忽然と魁夷の湖よ船遊

檸檬きりりと白馬亭にて鱒料理

やはらかき水よ帰国の髪洗ふ

朝涼やブルーベリー摘み夫の役

錆鮎を蔵す那珂川饒舌な

誰も気付かぬ鮭供養塔草の花

ひたひたと念仏《ねぶつ》の波や実玫瑰

青胡桃賞受賞作品より　七句

田の神をそつと起こすよ雪ねぶり

芽吹山ふいに体の浮くやうな

野焼果つ葦の株より萱鼠

衣《きん》脱《ぬぎ》や脱皮の蛇を目の当たり

まとひつくやうな闇なり牛蛙

猪独活の花軍艦《いくさぶね》など浮かべるな

子を産みし記憶おぼろに夜の白桃

不作なり地祇のためいき稲滓火は

国上山《くがみ》の空百舌引き裂くや海の紺

黄落期ストラディヴァリウスの余韻

おまけのごと耀落とされし沖の女郎

いつの日か地球去る日も冬銀河

冬うらら背筋ぴーんと一万歩

時雨坂術後の夫に腕を貸し

枯一樹胸中に父在すごとし

料峭や海人水蛸をゆで販ぐ

健やかなれアフガンの井戸雪解星

田の神を招ぐやかたかごひしと咲き

ウイルスに捕まりさうな春の闇

茅花流し浜辺のカフェは人集め

母子手帳子らに渡すや敗戦日

赤棟蛇過ぎればもとの草の丈

セージ咲くむかしペストに効きしとふ
御来迎にうすくわが影手を振りぬ

火焔土器の炎の揺るるかと鮭颪

妊婦のごと歩く雉鳩木の実落つ

ライダーの列冬凪の海岸道路《シーサイド》

雪地獄寝食削り屋根の上

雪解雫肩の力のふつと抜け

穴出たき熊や今年の雪の嵩

春怒濤ときに鯨の迫るごと

クリムトの生命の樹よ春遅々と

斑雪山破れ衣の笑止《しょうし》さう

笑止い＝恥ずかしい

蛸・魚の雛も吊せり海の町

切傷を口に吸ふ母蘆の角

夫疾く癒えよ一閃の初燕

五加飯ふつとからだのほぐれけり

水《な》葱《ぎ》の花岩偶出でしあたりとふ

人の世を宙より点す朴の花

『最後の湯田マタギ』を読んで

父の店にマタギ来しこと出熊猟

出熊猟熊の胆で買ふ小さき長靴《くつ》

長廊下貫く梁や緑さす

朝涼や水のやうなる一睡り

夏の潮イルカにすくと少年は

汝と吾の出会ひし不思議稲の花

小さき子はちさきマスクを秋暑し

かつて定時制高校勤務

夜学子と囲む給食疑似家族

夜学生しばしし憩へよ消灯す

夜学の灯消せばしーんと耳なりす
ふくろふの寝待ちのころゐは子守唄

Flower basket to the World

寒月や渚に魂のひそみをらむ　　清水美智子

The moon in the coldest season
Some souls may hide
under the beach

Michiko Shimizu

冴え冴えとした寒月。
その下の渚は魂のひそむ聖域のように。

矢島　恵・訳

Translated by Megumi Yajima

「岳」2014（H26）年2月号

あとがき

　退職二年後、七・一三水害で新築の家が床上浸水になりました。「麓」の齊藤美規主宰が水害のすぐ後に、手作りの野菜を提げて支部句会に来て下さいました。それを機に「麓」に入会しましたが、二〇一〇年、五年半で終刊になってしまいました。

　翌二〇一一年、「岳」に入会。そしていつの間にか十二年目になりました。六月末に傘寿を迎えますので退職後の記録として拙い句集を出したいと思い始めました。宮坂静生先生にご相談しましたら背中を押していただき、「俳句四季〝綵〟シリーズ」を紹介して下さいました。

　出版に当たり非常にご多忙の先生に、選句一切をお願いした上に、校正、そして身に余る序文を賜りました。また素晴らしい句集名をいただきました。

心より感謝し御礼申し上げます。

　序文では、父の句を取りあげて下さいました。五十歳で亡くなった父母。特に父のことは俳句に詠むことで、すっと父の世界に近づけたように思われます。原稿をいただいたときには、じーんとこみ上げて来るものがありました。また宮坂先生の提唱しておられる地貌季語を使って詠むと、子供の頃の懐かしい越後が甦ってくるような気が致します。

　小林貴子編集長には句集全体のお目通しをいただきました。心より感謝申し上げます。最後になりましたが、出版に当たり、親身にお世話いただいた東京四季出版の西井洋子様、淺野昌規様はじめ皆さまにお礼申し上げます。

二〇二二年　五月

清水美智子

著者略歴

清水美智子（しみず・みちこ）

1942（昭和 17）年　6 月新潟県三条市生まれ
1965（昭和 40）年　新潟大学教育学部英語科卒
2004（平成 16）年　「麓」入会
2009（平成 21）年　第 26 回「麓」新鋭賞受賞
2010（平成 22）年　「麓」終刊
2011（平成 23）年　「岳」入会
第 54 回新潟県俳句作家協会賞受賞
2013（平成 25）年　第 33 回「岳」俳句会賞受賞
2020（令和 2 ）年　第 10 回「岳」青胡桃賞受賞

「岳」同人、現代俳句協会会員、新潟県俳句作家協会会員

現住所　〒955-0844 新潟県三条市桜木町 9-15

シリーズ綵 15
句集 湊 みなと

令和四年七月二十八日　第一刷発行

著　者●清水美智子
発行人●西井洋子
発行所●株式会社東京四季出版
〒189-0013 東京都東村山市栄町二─二二─二八
電　話　〇四二─三九九─二一八〇
FAX　〇四二─三九九─二一八一
shikibook@tokyoshiki.co.jp
https://tokyoshiki.co.jp/

印刷・製本●株式会社シナノ

定価はカバーに表示してあります。

©SHIMIZU Michiko 2022, Printed in Japan
ISBN978-4-8129-1061-0

落丁本・乱丁本はお取り替えいたします。